서시

강물은
지구의 눈물
울다 지친
목울음

시인의 말

어느
한순간
길게 나타났다 사라지는
혜성처럼 발견은 짧게 왔다 간다.

걷다
자전거 타다
문득 눈길 가는 반짝임의 유혹에
멈추어 섰다.

순간으로 찾아오는 낯익은 자연현상을 낯설은 규칙으로
시를 만들어 낯익게 해야겠다는 엉뚱한 생각에 사로잡혔다.

그것은 지난 40년
용수철, 그물망 필통, 선풍기에서 발견했던 물결무늬의 낯설음
그 낯설음을 수식으로 표현하려 노력했던 물리의 방식과 다
를 게 없다고 생각했다.

형식은 시조의 종장 3, 5, 4, 3이지만 마음은 초장으로 돌아가
발견한 그대로의 심상을 짧게 노래하고 싶다는 생각
자유도 질서정연한 자연의 틀 안에서 더 자유로울 수 있다는

그 엉뚱함과 낯설음의 창작과정에서 지난 오 년을 즐겼다.

복잡한 마음 비워내고
꽃 창
마음 하나 열면
누구나 할 수 있는 열다섯 자 넉 줄 짧은 시
"반쪽은 그대 얼굴"과 함께 독자들과 공명의 춤을 추었으면
한다.
특히 어린 소년 소녀들의 습작으로 이 시가 자연을 사랑하는
노래로 불리워졌음 더 좋겠다.
짧게 스쳐 지나가는 혜성의 잔상처럼.

시집은 오방색
봄, 여름, 가을, 겨울 그리고 우주 다섯 마당으로 구성하였
다. 한쪽에 한 편의 시만을 넣은 것도 긴 여운을 흰 여백에
담아 독자의 공간으로 살아 숨 쉴 수 있게 하고자 함이다.
자연은 우리의 스승
우리는 자연에서 왔다, 자연의 품에서 놀다, 자연으로 돌아
간다.
자연이 일러주는 순간의 발견을 놓치지 않고 노래로 지을 수
있도록 늘 동기부여를 해 주시고, 창의성을 강조하신 풀꽃

시인 나태주 시인께 머리 숙여 감사드린다. 그리고 병석에서 눈짓으로 용기를 주신 어머니와 늘 응원해 준 아내와 그림자, 아이들, 형제들, 특히 읽어주고 조언을 해준 인무 선생과 큰며느리에게도 감사를 표한다.

낙엽아
두려워 마라
사랑에
빠지는 거

2016년 오월 마지막 날
鳳谷山房에서
理石 육근철

저자소개

저자 약력

육근철(陸根鐵)

현재 공주대학교 명예교수

응용광학 전공(용수철 무아레 간섭무늬 규칙성 발견)

영재교육, 창의성 교육 연구(창의성 프로그램인 WHA 모델 개발)

WHO'S WHO 세계인명사전 등재(2011)

제27회 시와정신 신인상(2016)

현재 풀꽃시문학회 회장(2016)

시집 「물리의 향기」(2013), 「사랑의 물리학」(2015)

차 례

여름

가을

겨울

우주

봄

웃음꽃
피는 아가야
꽃 피고
새도 웃네

봄빛

물빛에
싹 나는 소리
석창포
누운 자리

봄날

까치야
꽃 시샘하나
매화꽃
사이 두고

상처

머언 봄
몇 번이던가
설중매
피고지고

나비

유채 밭
소풍 나왔나
어린이집
아이들

민들레

홀씨야
누구를 찾니
하얀
전파망원경

동백

떨어져
목 메이는 산
핏빛으로
물들어

복수초

여보게
잠깐 멈추게
봄소식
밟힐꺼나

매화

하얀 꽃
메리도 웃어
흰 수염
하얀 얼굴

난

춘란 꽃
잊지 말게나
덤불 속
캘 때 마음

삼월

굴뚝새
요리조리 쫑
매화꽃
입에 물고

모과 꽃

연분홍
수줍은 향기
잎 사이
숨은 뜻은

꽃잎

떨어져
나도 가야지
파문 지는
잔물결

먼 그대

바람결
난초 향기만
코끝을
스치는데

참새

한 마리
시간도 꿀꺽
꽃잎 하나
따 물고

산수유

온 세상
노란 점 가득
가지 끝
찍히더니

새봄

왔구나
저 혼자 웃네
노란
생강나무 꽃

금강

해 질 녘
공산성 산길
왕벚꽃
쏟아지는

둥지

초저녁
새는 푸드득
산 버찌
입에 물고

오월

잉어의
등지느러미
파르르
떠는 강가

꽃비

내리네
절집 가는 길
삽재 고개
언덕에

사월

허기진
백로가 본다
얕은 물가
잉어야

간이역

홀로 선
늙은 역무원
수선화
다시 폈네

역

동백꽃
꽃잎 떨어져
붉게 물든
철로가

촉

햇빛도
꽃이 되는가
움트는 것
그 모두

똑똑

열린 문
애호랑나비
언제 왔나
봄 소식

갈증

강가에
술 취한 저녁
목 타는
가슴 안고

동백꽃

떨어져
무릎을 꿇고
별도 울고
싶은 밤

질문

홀연히
돌아가는 것
싹트는
순간으로

교회당

종소리
저 능선 어디
산 벚꽃
흐드러진

아버지

산 넘어
소 모는 소리
우수수
복숭아 꽃

달팽이

하얀 줄
난 꽃잎 싹뚝
민달팽이
지난 길

철길

간이역
냉이 꽃 피네
아지랑이
그리움

첫삽

땅 파자
장닭도 기웃
지렁이
꿈틀대네

거북

바위야
달구경 가니
설중매
등에 지고

길가

민들레
야! 요것 봐라
밟혀도
꽃 피우네

새순

움트는
우렁찬 침묵
두 눈으로
듣는 거

농부

나비야
논둑에 앉아
술 한 잔
들고 가게

우수

우리는
2학년 3반
청매화
꽃봉오리

달매

매콤한
청매화 향기
얼음 결정
되었나

춘란

꽃이여
향기는 어디
벼랑 위
홀로 섰네

봄비

창포야
꽃구경 가자
비 오면
오는 대로

노송

춤추는
황홀한 시간
매화 향
선율 따라

여름

짙푸른
젊은 그대여
뛰어들어라
풍덩

비밀

홀로 선
딱따구리야
구멍 뚫어
고백할

편지

오늘은
소식 오려나
　보랏빛
붓꽃이여

붓꽃

편지를
기다리게나
하늘 찔러
물든 색

여름밤

그믐달
초라한 비석
찌륵찌륵
풀벌레

산책

시냇가
푸른 석창포
파르르 떠는
아침

먼 산

서산에
해는 저물고
생각은
끝이 없어

사태

장맛비
휩쓸고 지난
붉은
무릎팍 상처

풀벌레

우는 밤
모두가 청중
작사 작곡
몰라요

해풍

줄무늬
신두리 사구
밤새 울던
은모래

노인

서럽냐
후려치거라
매미가
가슴 치듯

종

울어라
바람이 되어
그대 가슴
창가에

냇가

홀로 선
백로 한 마리
낮달 뜨고
해는 져

바람

혼자서
울고 싶은 날
낚싯대
던져놓고

강가

잔물결
강물도 우나
바람 불어
심란한

매미

한 계절
짧았던 사랑
두드려
멍든 가슴

여름

그 매미
시끄럽구나
뒷마루
슬피 울던

백일홍

연분홍
이 꽃 진다고
그리움
지워질까

금강

물안개
비단이던가
홑이불
덮었구나

관찰

왕개미
콜라 한 모금
더듬이
춤을 추네

번개

사랑이
금 가는 소리
어디선가
누군가

참게

두 마리
멍멍이 웃네
거품 물고
팔씨름

밤새

백사장
둘이 걸으면
울며 따라
오는 새

파초

찢어져
빗속에 젖어
고양이
우는 소리

해풍

섬 섬 섬
유리창엔 비
넘실대는
파초 잎

농막

너만은
용서해 주자
찝쩍대는
파리야

쪽달

달 뜨자
붉은 해 지네
푸른 바다
배 한 척

잎새

둘이서
가위 바위 보
하나씩
뜯어내네

풀

가뭄 끝
오줌 눈 자리
누렇게
죽었구나

흔적

논바닥
타는 목마름
말라버린
올챙이

숲

나뭇잎
조명이던가
스며드는
빛이여

밤

하나 둘
불이 켜지면
빛도
그림자일 뿐

장마

하늘도
청개구리도
울다 울다
지쳤나

신호

입 닫는
미모사의 잎
두려움의
몸짓아

야행夜行

여울목
숨겨 둔 달빛
목물하는
여인들

우중雨中

우산 속
밤비 오는 날
우주보다
넓구나

누이

저녁녘
먼 천둥소리
시집간
도라지 꽃

여울

도깨비
소란스런 밤
여름내
도란도란

풍란

안개 속
등대지기여
돛대 끝
그대 향기

오리

쪼로록
호박잎 가족
비 맞고
어딜 가나

추억

어느 봄
토끼풀 팔찌
눈부신
보석 하나

가을

색색의
불타는 사랑
어쩌나
이 가슴을

반사

강천산
둘이서 웃네
물에 비친
그림자

웃음

아이들
검정 고무신
미꾸리
갇혀 있네

콩새

한 마리
꽃은 피고 져
사람들
오고 가네

죽음

대문 앞
돌아가는 거
고무신
상에 놓고

연밥

메말라
등 굽은 하루
늦가을
바람 불어

오후

정지한
햇살 마당에
황국 향기
가득한

정지

가지 끝
바람 부는데
묵상하는
잠자리

인력

지구야
왜 떨어지니
붉게 익은
사과야

텃밭

과수댁
허수아비여
오늘도
벌 서는가

달무리

가을밤
시퍼런 결정
눈시울이
차갑다

연인

노을 진
긴 두 그림자
떨어질 줄
모르는

풍령風鈴

처마 끝
소리쳐 운다
등지느러미
통증

만월滿月

하늘가
가슴엔 반달
반쪽은
그대 얼굴

추우秋雨

우산 속
낙엽은 지고
비껴가는
빗방울

못 잊어

사랑아
절정의 순간
붉게 물든
그 얼굴

정선旌善

가는 길
이끼 낀 절벽
걸터앉은
산새야

달

떴다고
우는 귀뚜리
늦은 밤
창가에서

여인

흩뿌려
눈에 밟히는
노오란
레인코트

낙엽

이제는
놓아야 할 때
노을빛
얼굴이여

석양

서산에
떨어져 누운
빨간 고추
잠자리

연밥

물 비친
ET 두 마리
마주 서
웃고 있네

그림자

꿈인듯
잊고 살았네
나보다 더
외로운

방문訪問

한나절
잠자리 하나
빙 둘러
돌아가네

나이테

한 생애
기록 장치여
줄무늬
노래하던

앞산

바위야
달은 한 달에
한 번
윙크하는데

비안飛雁

가야지
억새도 나도
점점이
바람 타고

연

씨알 속
연자는 부처
태아처럼
웅크린

밤

고추밭
개 짖는 소리
달은 달빛에
젖어

이방인

철 지나
기어가는 봄
날아든
무당벌레

그늘

해 지는
오동나무여
길까지
마중 나온

꿈

하얀
비행기구름
하늘나라
천 리 길

만추晚秋

지구도
참선을 위해
다이어트
하나 봐

수면 水面

창백한
하늘의 눈물
물드는
갈잎 바람

추풍秋風

불어라
소리쳐 울어
쑥부쟁이
노래로

나무

옷 벗어
준비하느냐
매서운
저 겨울을

석산石蒜*

꽃무릇
그 타는 입술
누굴 위해
붉었니

*석산 : 수선화과의 여러해살이 식물, 꽃무릇이라고도 부른다.

황국黃菊

금화야
꽃 다 진 들판
홀로 향기
누구니

갈잎

선홍빛
타는 가슴아
흙 속으로
스며들

가을

나무는
알고 있는가
버려야 할
시간을

길가

쏟아져
슬픈 가을아
바퀴 깔린
은행잎

강풍江風

갈대도
심란한가 봐
목마른
팔랑개비

햇살

거미줄
갈바람 연주
G선상의
아리아

겨울

숲이여
건강하시라
소리쳐
우는 나무

북풍

오리발
하얀 눈밭에
바람이
시를 쓴다

기저귀

북서풍
메마른 겨울
빨랫줄
우는 소리

겨울

물가에
백합꽃 폈나
자맥질하는
오리

한겨울

눈보라
하늘을 보네
넘어진
허수아비

눈송이

유리창
첫눈 내리네
한겨울
눈 오듯이

산사山寺

폭설에
뚜두둑 뚝 딱
겨울 산
앓는 소리

밤새

내린 눈
달빛은 눈빛
누굴 위해
내렸나

눈보라

해 넘어
언덕은 울고
하늘도
내려앉네

잠수潛水

겨울 강
논병아리야
여기 쑥
저기서 쏙

첫눈

마당을
뛰고 또 뛰네
강아지도
아이도

문풍지

울면은
누가 오려나
싸락눈
오는 소리

달밤

달빛은
백자 항아리
함박눈
내리는 밤

철로鐵路

먼 훗날
그리워할까
광천행
새벽 열차

상고대*

눈빛아
저리도 시린
밤새 울던
가지들

*상고대 : 나무나 풀에 내려 눈처럼 된 서리

저녁

겨울날
굴뚝새 울다
칼바람
담 밑에서

강변

강바람
굴뚝새 울어
흔들리는
억새꽃

아침

햇살아
한 마리 산새
댓잎도
고개 숙여

새

강바람
나는 듯 숨은
갈대 숲
오목눈이

난 잎

하늘빛
옥색 고무신
잎이던가
휘어진

고드름

한나절
눈 녹는 소리
처마 물
떨어지는

새벽

호호호
물 긷던 아내
달라붙는
문고리

장독

눈 쌓인
정화수 사발
할머니
비는 마음

어머니

우물가
꽁꽁 언 배추
얼마나
시렸을까

풍경風磬

지붕 끝
죽어도 좋아
홀로 우는
물고기

할머니

겨우내
먼 산만 보는
벽에 걸린
옥수수

눈雪

참나무
잎 지는 소리
반짝이는
동백잎

춤

그대여
바람도 없이
창밖
눈 오는 세상

설야

숨죽인
달빛 항아리
산수유
열매 붉어

춘성春聲

눈 녹는
합창에 취해
처마 물
떨어지는

월하月下

그을린
검은 부뚜막
찌륵찌륵
귀뚜리

민박

겨울밤
구들장 끓어
솔가지
타는 소리

구멍

뚫어라
보이지 않니
우리 아가
눈동자

시간

바위야
거북 바위야
무얼 먹고
사느냐

객사客舍

노란 달
시간을 품네
눈썹 지붕
격자 창

화장火葬

흔들려
흔적 없는 꽃
불꽃도
사라지는

해후 邂逅

눈보라
쏟아지는 밤
난로 위
물은 끓고

겨울

숲으로
도망 가 버린
외다리
허수아비

소

새벽녘
나무기둥에
혓바닥
핥는 소리

시험

또로르
말린 향나무
연필 깎는
어머니

낮달

둥실 뜬
백자 항아리
품어 안은
어머니

바람

빨랫줄
하얀 기저귀
숨어 우는
그림자

새벽

싸락눈
하얗게 쌓인
뽀드득
두 발자국

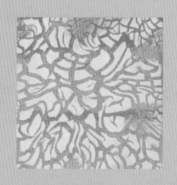

우주

들리나
우주의 숨결
아가야
잘자거라

상처

금이 간
유리창 무늬
눈이 자꾸
가는 건

지우개

지난 밤
꿈속에 쓴 시
깨어나
적어야지

앙코르

사원의
스며든 향기
그 여인
어디 갔나

자식

주름진
어머니 얼굴
누구의
훈장인가

한때

살아서
흠뻑 취하라
다시 안 온다
이 밤

이명

소리여
땅에 스며들
나 흙에
묻히는 날

창밖

눈 내린
감나무 가지
밤새
문 두드렸나

이국異國

에덴스*
스며든 이명
이름 모를
새소리

*에덴스 : 미국 조지아주의 작은 도시

중력

물방울
져줄까 말까
지구와
줄다리기

무중력

함박눈
바람도 없이
창밖
눈 오는 세상

물결

무늬야
퍼뜩 새 날자
장지에
일렁이는

거울

말없이
합장을 하고
대칭으로 선
수련

대竹

바람아
한 마당 놀자
마디마디
관악기

찰칵

내 맘에
어느 날 문득
차창에
스친 얼굴

노안

가을아
손톱 달 두 개
달빛도
둘이던가

세월

안경이
흘러내리네
그것도
짐이라고

월훈月暈

향기도
모두 그림자
가지 걸린
달빛도

울림

하부지
잘못했어요
그런데
나 슬프다

월식

두 마음
둘만 알겠지
달빛 아래
그림자

아가

마당엔
다섯 단풍잎
유리창엔
손자국

후광後光

논두렁
동트는 아침
내 머리 속
무지개

무상無常

두루미
움켜쥔 시간
물결은
흐르는데

사진

구멍은
하나의 시선
꿈을 캐는
빛이여

일식

땅 비친
잎새 그림자
펼쳐지는
손톱 달

개펄

아낙들
뻘배를 미네
엉덩이
춤을 추며

호수

쨍그렁
물수제비야
금이 가는
먼 허공

사랑

아직도
끝나지 않은
영원한
숨바꼭질

여명

바닷가
동트는 새벽
출렁이는
신기루

대금

대나무
마디야 마디
울림통
우는 뜻은

마당

섬돌 위
하얀 고무신
졸다 누운
스님아

기둥

나뭇결
줄무늬 파도
대웅전
부처 말씀

위로

공산성
이끼 낀 성축
울지 마라
비단강

여승

그늘진
산골짜기에
외로운
새 발자국

그대

타는 건
물 비친 태양
붉게 물든
눈시울

공명

휴대폰
부르르 떠네
마음 가는
진동수

장날

고샅길
눈 뜨는 새벽
삐걱삐걱
달구지

창

외로워
보이는 액자
사각 방
마음 구멍

백자

하이얀
둥근 스크린
달 뜨고
별이 총총

주병

살포시
주저앉은 듯
술 향기
취한 목선

옹이

평상 위
삐걱거리는
소용돌이
파도야

반쪽은
   그대 얼굴

동백꽃이어도 민들레여도 좋을 것입니다
─ 육근철 시인의 시집 『반쪽은 그대 얼굴』에 부쳐

나태주(시인, 공주문화원장)

많이, 아주 많이 살지는 않았지만 그래도 70 나이를 넘기면서 살아온 자취를 돌아보면 스스로 놀라곤 합니다. 그것은 내가 만나고 함께 길을 걸어온 사람이 시기에 따라 다르다는 사실 때문입니다. 어쩌면 그렇게 신은 나에게 고비마다 필요하고 좋은 사람을 골라서 보내주었을까 싶습니다.

육근철 시인은 실상 만난 지 얼마 되지 않는 분입니다. 그렇지만 그 누구보다도 내 곁에서 함께 숨을 쉬면서 시의 길을 가는 시와 인생의 도반입니다. 공주문화원에서 내가 맡고 있는 시창작반에서도 가장 열심히 시를 공부하고 또 고민하는 분입니다. 더불어 '풀꽃시문학'이란 동인회의 회장을 맡아 수고하는 분입니다.

그러므로 최근 나와 함께 시와 인생에 대해서 가장 심도 있는 이야기를 나누는 분이 바로 육근철 시인입니다. 나는 그에게서 물리학에 대한 것을 배우고 나는 그에게 내가 알고 있는 시에 대해서 이야기를 합니다. 가끔은 공통점을 발견하고 환희에 이르기도 합니다. 이런 분을 내 인생의 말년에 보내주신 신에게 감히 감사를 드리는 까닭이 여기에 있습니다.

육근철 시인은 일찍이 공주사범대학교의 물리교육과 교수님으로 근무하면서 정년퇴임까지 한 분입니다. 알고 보니 그분은 이미 시집 한 권을 낸 시인이었고 정년퇴임 기념으로 다시 시집 한 권을 내기도 한 분이었습니다. 그러니까 물리학 교수이면서 시인이었다는 것이지요.

그런데 많이 색다르지 않습니까? 물리학과 시, 그 두 단어의 간극 말입니다. 간극이라 해도 아주 큰 간극입니다. 그렇지만 육근철 시인은 그 간극을 잘 살피면서 시를 건져 올리는 재주를 가졌습니다. 자호(自號)가 이석(理石)입니다. 굳이 풀이하자면 '물리를 아는 돌'이라는 뜻이지요.

옛날 어른들로부터 가끔 '그 사람 물리가 텄다'라든가 '공부에 물리가 터야 한다'는 말을 들은 바가 있습니다. 물리의 국어 사전적 해석은 우선 '모든 사물의 이치' 혹은 '사물에 대한 이해나 판단의 힘' 정도일 것입니다. 그리고 나서야 '물리학'을 줄여서 '물리'입니다. 그러므로 육근철 시인은 물리학 교수이면서 사물의 이치를 터득한 바를 시로 쓰기를 원하는 시인이라 하겠습니다.

두 가지의 물리의 뜻은 시인에게 부담이 되기도 하겠지만 잘만 조화시키면 매우 찬란한 시너지 효과를 가져올 수도 있는 요인이 되겠습니다. 이번에 내는 시집『반쪽은 그대 얼굴』이 그것을 말해 주고 있습니다. 언뜻 시집 제목에서도 그러한 기미를 느낍니다.

'반쪽'이라는 말에서 과학이나 물질을 느낍니다. '그대 얼굴'이라는 말에서는 또 인간적인 정다움을 감지합니다. 이러한 언어의 어울림이 앞으로 육근철 시인에게 좋은 시인으로서의 길을 열어 줄 것입니다.

시집의 구성도 매우 철학적으로 되어 있습니다. 동양 철학과 인생관의 근간인 음양오행설을 좇아 다섯 부분으로 나누되 사계절과 간절기 등 다섯 부분으로 꾸몄습니다. 그렇습니다. 우리가 이미 아는 바와 같이 춘하추동과 간절기는 계절의 흐름이고, 그 흐름에 따라 청적백흑 그리고 황 등 오방색이 생겼습니다. 하나의 상징이지요. 그리고 거기에 따라 동남서북, 중앙 등 방위가 성립되었으며 유교의 덕목인 인의예지신이 나왔습니다. 뿐만 아니라 한시의 기승전결도 여기에 준합니다.

　그런데 육근철 시인은 또 놀랍게도 우리의 고유시가 형식인 시조의 종장 한 줄을 슬쩍 끌어와 15자 시를 선보이고 있습니다. 3, 5, 4, 3의 형식을 갖는 정형시. 이것은 이 땅에서 그 누구도 생각해보지 못한 일이고 그 누구도 실행에 옮겨보지 못한 일입니다. 과연 물리학자답다는 생각이 듭니다. 하나의 발견이요 그 발견의 발전입니다. 두 편만 예를 들어보겠습니다.

떨어져
무릎을 꿇고
별도 울고
싶은 밤

　이것은 「동백꽃」이란 작품입니다. 더 이상 옴짝달싹할 수도 없는 간결이요 정화입니다. 동백꽃이라도 매우 새빨갛게 피어난 동백꽃입니다. 오죽했으면 '무릎을 꿇고/ 별도' 운다 그

러했겠습니까.

민들레
야! 요것 봐라
밟혀도
꽃 피우네

　이것은 또 「길가」라는 작품인데 얼마나 귀여운 작품인지 모릅니다. 어린아이의 천진이 그대로 드러난 장난기조차 살짝 흐르는 작품입니다. 저절로 얼굴에 미소가 맴돌게 하는 글의 행간에 우리 자신이 어린아이가 되어 앙감질을 하며 놉니다.
　바라옵건대 우리 육근철 시인님, 아니 육근철 교수님, 당신이 꿈꾸고 소망한 대로 시로서 사물의 이치를 깨치시기를 바라며 드높은 정신의 정상에 홀로 올라 고독하시기 바랍니다. 그 옆자리에 나 또한 하루 종일 이야기하고 싶어도 이야기할 사람 없어 마음 먹먹한 날 당신에게 말을 걸 것입니다. 그런 날에 우리가 '동백꽃'이어도 좋겠고 '민들레'여도 좋을 것입니다.

반쪽은
그대 얼굴

초판 2쇄	2016년 9월 30일
지은이	육근철
발행처	도서출판 도반
발행인	이상미
편집팀	김광호, 이시현
대표전화	031-465-1285
이메일	doban0327@naver.com
주소	경기도 안양시 만안구 안양로 332번길 32
ISBN	978-89-97270-26-2

육근철 시인의 첫 시집
『물리의 향기』

육근철 시인의 두 번째 시집
『사랑의 물리학』